Christoph-Maria Liegener

Sex mit tödlichen Folgen

Ein Roman

Herstellung und Verlag:
BoD – Books on Demand, Norderstedt
Cover-Bild: Rechte beim Autor

ISBN:
9783751955393

Inhalt

Vorwort

Sex ist ambivalent: einerseits ein kurzes Erlebnis für die Partner, das als One-Night-Stand bereits schon wieder das Ende der Beziehung sein kann, andererseits aber eventuell der Anfang eines neuen Lebens. Die Literatur ist voll mit Geschichten darüber. Warum also noch eine? Weil dieses Thema immer wieder die Menschen bewegt. Man kann immer wieder darüber sprechen, schreiben oder lesen und es wird immer wieder interessant sein. So empfand zumindest ich es bei dieser Geschichte. Sollte sie nun doch nicht interessant sein, entschuldige ich mich dafür.

Christoph-Maria Liegener

Ein großer Deal

Paul war aufgeregt. Ein großer Deal mit den Japanern stand an. Er hatte sich zwar gründlich vorbereitet, aber man wusste ja nie … Gerade hatte er alle Akten zusammengesucht und wollte sein Büro verlassen, da stand Melanie in der Tür. Verdammt gutaussehend wie immer – dieses elegante, körperbetonte Kostüm, die sündhaft teuren High-Heels, die sportliche und doch raffinierte Frisur. Alles stimmte. Was hatte sie vor? Warum hatte sie sich so aufgebrezelt? Sicher, der Deal war wichtig, aber eigentlich gehörte er in seinen Aufgabenbereich und es sollte alles funktionieren. Was wollte sie also noch?

„Alles klar, Liebling?", fragte sie ihn, während ihre kalten Augen ihn durchleuchteten.

„Ja, natürlich, Schatz", gab er zurück, wobei er sich fragte, warum er eigentlich mit ihr zusammen war. Sie glich einem Eisblock, einem wunderschönen Eisblock. Eigentlich furchteinflößend, aber er war ihr regelrecht verfallen. Sie hatte ihn in der Hand. Was wollte sie jetzt wieder von ihm?

„Darling, du weißt, dass ich große Erfahrung in der Sarakusa-Sache habe und dass ich gut mit den Japanern umgehen kann. Warum lässt mich nicht die Verhandlungen führen? Du kannst ja jederzeit deinen Sachverstand einbringen."

Die Worte spritzten wie Gift aus ihrem wunderschönen Mund. Sie wollte ihn ausbooten. Das war klar.

Er erinnerte sich, wie er sie vor drei Jahren kennengelernt hatte. Damals war er ihr ausgeliefert gewesen wie ein Schuljunge einer Domina. Man könnte geradezu von Hörigkeit sprechen. Diese Frau war ein Biest: selbstsüchtig, manipulativ und bösartig. Der arme Kerl hatte das schon damals mitbekommen. Aber es half nichts. Ihre umwerfende Schönheit und ihre kalkulierte Koketterie brachten ihn um die letzten Reste seines Verstandes. Er war dem Wahnsinn nahe. Unentrinnbar!

Daran gab es nichts zu rütteln: Dieser Frau war er wehrlos ausgeliefert und würde es immer bleiben.

„Na gut. Wenn du darauf bestehst ...", antwortete er unterwürfig.

Sie gingen in die Verhandlungen. Melanie führte wie besprochen das Gespräch und alles lief reibungslos – etwas zu reibungslos vielleicht. Paul hätte gern noch den einen oder anderen Punkt vertieft, aber Melanie brachte ihn jedes Mal mit einem scharfen Blick zum Schweigen.

Es dauerte keine zwei Wochen, dann stellte sich heraus, dass Pauls Firma bei den Verhandlungen über den Tisch gezogen worden war. Melanie hatte zugunsten der Japaner getrickst. Paul, der für die Verhandlungen verantwortlich war, wurde gefeuert.

Und Melanie? Paul hatte sie gedeckt. Trotzdem verließ sie von sich aus die Firma. Sie wechselte zu den Japanern. Offenbar hatte sie schon seit geraumer Zeit heimlich für sie gearbeitet. Aber das ließ sich jetzt auch nicht mehr beweisen.

Aus der gemeinsamen Wohnung zog sie aus, als Paul nicht zu Hause war. Sie musste das schon vorbereitet haben. „Auf Wiedersehen" sagte sie nicht. Sie hatte ihn und die Firma betrogen und wollte keine Szene. Für Paul brach eine Welt zusammen. Hatte sie ihn nur als Marionette benutzt? Und er hatte an Liebe geglaubt!

Er stürzte ab, sprach dem Alkohol mehr zu, als gut für ihn war.

Seine Freunde versuchten, ihn wiederaufzubauen. Er dürfe sich in Liebesdingen nicht so engagieren, rieten sie ihm. Es gehe in seinem Alter darum, Spaß zu haben. Mehr nicht. Wenn es vorbei sei, sei es vorbei. Er brauche keiner Frau eine Träne hinterherzuweinen.

Paul ließ sich überzeugen. Ab jetzt würde er Sex genießen, ohne sich emotional zu binden.

Was er zunächst als therapeutische Maßnahme gesehen hatte, gefiel ihm bald immer mehr. Er hatte jetzt eine moralische Rechtfertigung, die Gefühle der Frauen zu ignorieren. Wozu noch Gefühle? Da wird man nur enttäuscht. In Zukunft wollte er seinen Spaß.

Sex mit Isabel

Paul war also auf der Suche nach unverbindlichem Sex.

Sex mit tödlichen Folgen? Also, falls Sie das denken: Hier geht es nicht um Geschlechtskrankheiten. Auch nicht um verunglückte Sadomaso-Praktiken. Vielmehr um menschliche Entwicklungen, die aus normalem Sex entstehen und trotzdem tödlich enden können. Um gleich Entwarnung zu geben: Die wenigsten von uns sind davon bedroht. Aber eins nach dem anderen.

Paul hatte sich wieder gefangen. Er arbeitete jetzt im Investmentbereich eines international agierenden Bankhauses und war dort recht erfolgreich. Seine neue Taktik in Bezug auf Frauen wurde durch seine Ausstrahlung begünstigt und funktionierte immer aufs Neue. Auf Frauen hatte er eigentlich schon immer attraktiv gewirkt: Groß, schlank, athletisch, scharfe, markante Gesichtszüge. Aber jetzt wagte er auch, sein Aussehen zu nutzen. Sein vom Testosteron gezeichnetes Äußeres zog die Frauen besonders an ihren fruchtbaren Tagen an. Das ist der Typ Mann, auf den Frauen dann Lust haben. Sie hätten dann am liebsten schnellen harten Sex. Als Partner werden solche Typen weniger gesucht. Sie gelten als unzuverlässig.

Das kann man indes über Paul so nicht sagen, selbst in dieser Phase nicht. Als unzuverlässig hätte man ihn höchstens bezeichnen können, wenn er den Frauen vorgegaukelt hätte, an einer dauerhaften Beziehung interessiert zu sein, während er nur das Abenteuer wollte. Das tat er aber nicht. Er spielte mit offenen Karten.

Er wollte mit den Frauen unverbindlichen Sex und die Frauen wollten unverbindlichen Sex mit ihm. Das passte, solange beide ehrlich miteinander waren. Viele Frauen hatte er nun gehabt. Er ließ nichts anbrennen. Warum auch? Seine Freiheit und Ungebundenheit betrachtete er inzwischen als Geschenk.

Die meisten Frauen, die sich mit ihm einließen, spielten nach seinen Regeln: unverbindlicher Sex, bei Gefallen mehr, sonst adieu. Eine belanglose Affäre reihte sich an die andere. Manch andere Menschen hätten seine Art zu leben oberflächlich gefunden, aber ihm machte es Spaß.

Isabel war eine von diesen Frauen, die einfach nur Sex bei ihm suchten. Erwähnenswert ist sie nur deshalb, weil er mit ihr länger zusammenblieb als mit den anderen. Mit ihr lief es besonders gut, sei es, weil sie so sportlich war, sei es, weil sich gerade nichts anderes auftat. Sogar eine gewisse menschliche Harmonie spielte dabei eine Rolle. Ob es gar eine Spielart der Liebe gewesen war, sei dahingestellt.

Der Sex mit ihr war heiß. Am liebsten taten sie es, wenn sie vorher tanzen gewesen waren. Dann sprangen sie erhitzt in Bett und turnten miteinander herum. Isabel konnte sich verbiegen wie eine Gummipuppe. Sie spielten dabei Rave-Music-Aufnahmen ab und bewegten sich gemeinsam im Rhythmus der Bässe, wobei sie die verschiedensten Stellungen durchspielten. Sie unterbrachen jeweils kurz vor dem Orgasmus und starteten dann neu. Um das durchzuhalten, warfen sie schon auch einmal etwas ein. Isabel hatte eine Kondition, die Paul alles abverlangte. Und er gab, was er konnte. Hinterher war er fix und fertig, aber glücklich. So sollte es sein.

Trotzdem wäre er jederzeit bereit gewesen, Isabel aufzugeben, wenn es eine neue Gelegenheit gegeben hätte, egal welche. Idiotisch, aber so sind manche Männer: Sie suchen nicht nach besseren Frauen, sondern nach neuen. Frauen können das nicht verstehen. Es ist der uralte Trieb des Mannes, seine Gene möglichst weit zu verbreiten.

Das heißt, das Unerreichte zieht ihn jedes Mal magisch an. Wie beim Bergsteigen: Der Berg ruft. Hat man ihn erstiegen, erlischt der Zauber. Die bereits eroberte Frau wird schnell uninteressant.

Schopenhauer hat die Frau als einen Knalleffekt der Natur bezeichnet und damit dieses Phänomen aufs Korn genommen. Das ist ein zynischer Standpunkt. In Wirklichkeit öffnet die Frau das Tor zur wunderbaren Welt der Liebe, die in die Ehe und den Zauber des Familienlebens mündet. Schopenhauer konnte das nicht wissen. Er hatte es nie erlebt.

Die Natur verhält sich bei der Verfolgung ihrer Ziele raffiniert. Pauls Absicht bestand nämlich nicht bewusst darin, etwas für seine Gene zu tun, sondern er begeisterte sich jedes Mal aufs Neue für die jeweilige Frau, die ihm gerade gefiel. Er betrachtete sie als ein Wunderwerk der Natur. Wie konnte so viel Ausstrahlung sich in so sanften weiblichen Zügen äußern, wie konnte ein Körper so perfekte weibliche Formen aufweisen?!

Verliebte er sich wirklich jedes Mal in diesem Moment oder erwachte nur der atavistische Jagdinstinkt. Das bleibt Ansichtssache.

Bedauernswert wären theoretisch jene Frauen, die ihm im Gegenzug ihre echte Liebe geschenkt hätten. Aber die entsprachen ja nicht seinem Beuteschema und gerieten nicht in Gefahr.

Wie gesagt, nimmt diese Einstellung nicht gerade Rücksicht auf die weibliche Natur. Die meisten Frauen lieben anders, beständiger, bewusster. Aber da Paul offen über seine Erwartungen sprach, erlebte er selten die echte Liebe. Er fand stattdessen abenteuerlustige Frauen. Die abenteuerlustige Frau ist eine relativ neue Erscheinung. Es gibt sie inzwischen; sie hat sich von der Natur emanzipiert.

Isabel war eine dieser modernen Frauen und konnte mit den Ereignissen umgehen.

Es kam, wie es kommen musste. Eine neue Gelegenheit bot sich eines Tages für Paul und er verschwand aus Isabels Leben. Glücklicherweise kein Problem für Isabel. Sie wünschten sich gegenseitig Glück und trennten sich in Freundschaft.

Pauls Neue hieß Agathe.

Sex mit Agathe

Auf den ersten Blick passte Agathe genau in sein Beuteschema. Sie sah recht gut aus und hatte positiv auf seine Flirtversuche reagiert, die er immer und überall unternahm.

Nur hatte er sich diesmal geirrt. Agathe wollte in Wirklichkeit keine Affäre, sondern hatte heimlich ernsthafte Absichten, wollte ihn an sich binden. Das Problem: Sie spielte falsch. Ihr Trick bestand darin, vorzugeben, nur an einem kurzen Abenteuer interessiert zu sein, während sie in Wirklichkeit weitergehende Pläne hatte.

Die Sache hatte ganz einfache Gründe. Der Mann gefiel ihr und sie glaubte, leichtes Spiel zu haben, ihm ein Kind anzuhängen. Dann würde er ihr gehören.

Anfangs lief alles nach Plan. Paul war interessiert. Nicht weil er Agathe umwerfend fand, aber sein erster Eindruck hatte ihn nicht getäuscht: Für einen One-Night-Stand sah sie allemal gut genug aus. Er hatte Lust auf sie und eine weitere Kerbe in seinem Bettpfosten wollte er sich nicht entgehen lassen.

Also kam es zum Sex mit Agathe. Der Sex war gut, aber nichts Außergewöhnliches für Paul. Abgesehen von dem Vergnügen, eine ihm unbekannte Frau zu besteigen, gab es nichts Aufregendes oder Neues zu erleben.

Eine gewisse Merkwürdigkeit verspürte er dennoch, die er sich damals nicht erklären konnte: Agathe wusste, dass sie in dieser Nacht ein Kind zeugen würden. Es waren ihre fruchtbaren Tage. Alles hatte sie genau berechnet und geplant. Für sie bedeutete diese Zusammenkunft nicht einfach nur Sex, sondern den Beginn eines neuen Lebensabschnitts. Sie empfand den Akt geradezu als etwas Heiliges.

Ihre Entschlossenheit gab indes dem Sex einen merkwürdigen Beigeschmack. Spürte Paul, dass er ausgenutzt werden sollte? Nein, er blieb ahnungslos, wunderte sich nur, wie zielstrebig Agathe auf seinen Orgasmus hinsteuerte. Fast wie eine Professionelle, die schnell fertig werden wollte. Irgendwie fühlte er sich unwohl dabei, irgendwie abgefertigt. Das Auskosten des Genusses fehlte. Gerade wollte er es noch hinauszögern, da war es schon passiert.

Trotzdem dachte er nicht viel darüber nach. Er gehörte noch zu jenen jungen Männern, die den Sinn des Sex darin sahen, zum Schuss zu kommen. Das Vorspiel sah er als etwas an, was nur die Frauen brauchten. Hier nun lief alles, wie es eigentlich seiner Art entsprach. Sogar Leidenschaft spielte Agathe ihm vor, keuchte und stöhnte, was das Zeug hielt. Paul sollte ein Erlebnis bekommen, an das er sich lange erinnern würde.

Damals konnte Paul sich Agathes Verhalten nicht so recht erklären. Er hatte gefragt, ob er ein Kondom benutzen solle, und sie hatte abgelehnt: Es sei alles sicher, behauptete sie. Nie wäre er auf den Gedanken gekommen, dass sie ihn hintergehen könnte.

Dieser Sex sollte Folgen haben, die über alles hinausgingen, was er sich vorstellen konnte.

Bald teilte ihm Agathe ihre Schwangerschaft mit. Paul merkte noch immer nicht, dass er hereingelegt worden war, und glaubte an ein Versehen bei der Einnahme der Pille oder etwas Ähnliches. Nach seinen Moralvorstellungen, die er irgendwie durch seine Erziehung mitbekommen hatte, fühlte er sich nun jedoch verpflichtet, mit ihr zusammenzuziehen und Heiratspläne zu schmieden. Agathe glaubte schon, am Ziel zu sein.

Aber es kam alles anders.

Sex mit Amelie

Wie ein Blitz aus heiterem Himmel traf es Paul: Er begegnete Amelie. Sie kam ihm langsam auf dem Flur der Firmenzentrale entgegen – blond und langbeinig. Ihre Hüften schwangen leicht mit ihren Schritten, nur minimal, dezent und elegant, gerade so viel, dass ihre umwerfende Figur zur Geltung kam. Sie war perfekt. Ihr Kostüm unterstützte ihre Reize, ohne aufdringlich zu wirken. Im Gegenteil: alles ganz geschäftsmäßig.

Paul erstarrte. Noch nie war er einer Frau wie ihr begegnet. Nicht nur ihre Schönheit betörte ihn, sondern ihre gesamte Ausstrahlung. Sie übertraf sogar Melanie. Der ausschlaggebende Unterschied: Diese Frau hier wirkte richtig nett. Lächelnd fixierte sie ihn und blieb vor ihm stehen und reichte ihm die Hand. Humorvoll und charmant stellte sie sich vor. Er versank in ihren wundervollen großen blauen Augen, die ihn anstrahlten, während ihr voller sinnlicher Mund sich ein wenig öffnete. Ihre Offenheit und Fröhlichkeit zogen ihn sofort in ihren Bann. Mit einer Welle der Freundlichkeit sprach sie ihn an:

„Hallo, Sie müssen Paul sein. Ich bin Amelie. Ich habe schon viel über Sie gehört."

„Hoffentlich nur Gutes", stotterte Paul.

„Selbstverständlich. Eigentlich soll ich ihnen nur etwas von Albert ausrichten …", fuhr sie fort und plapperte unbekümmert mit ihrer wohlklingenden fröhlichen Stimme drauflos. Paul hörte gar nicht richtig zu. Der Puls hämmerte in seinem Kopf und er konnte keinen klaren Gedanken fassen.

Flirtete sie nicht sogar ein wenig mit ihm? Als Paul langsam wieder zu sich kam, bildete er sich ein: Hier könnte etwas gehen. Noch hinderte ihn der Gedanke an Agathe an irgendwelchen Annäherungsversuchen, aber er erinnerte sich an Oskar Wildes Ausspruch: „Versuchungen sollte man nachgeben. Wer weiß, ob sie wieder-kommen!"

So sollte es sein. Paul fädelte es ein, öfter mit Amelie zu tun zu haben, kam ins Ge-spräch mit ihr, machte ein, zwei Späßchen, über die sie lachte. Ob die Späße gut wa-ren, oder ob sie ihn nur ermuntern wollte, konnte er nicht sagen. Jedenfalls ließ sie sich auf seine vorsichtigen Avancen ein und eine Woche später war es soweit: Er hatte Sex mit Amelie.

Und was für einen Sex! Spontan und emotional öffnete sie sich der sexuellen Be-gegnung. In ihrer extrovertierten Art ging Amelie völlig in der Liebe auf. Sie gab sich nicht nur hin, sondern beteiligte sich an den Initiativen. Paul geriet in einen Rausch.

Amelie spielte „Teach Me Tiger" von April Stevens und umschmeichelte ihn wie der Dompteur ein Raubtier. Völlig unge-wohnt für ihn: Sein Geschlechtsteil wurde zur Nebensache; sie spürten sich gegensei-tig mit ihrer gesamten Körperoberfläche – Haut an Haut. Er fühlte sich wie Pharao. Unglaublich! Wie konnten zwei Menschen so harmonisch und intensiv gemeinsam zum Höhepunkt kommen!

Bisher hatte Paul Vergleiche seiner Sex-Erlebnisse gescheut. Seinen Freunden sagte er immer, man könne nicht sagen, mit welcher Frau der Sex besser gewesen sei, es sei jedes Mal anders gewesen.

Jetzt aber wusste er: Dies war der beste Sex seines Lebens.

Er musste das Erlebnis wiederholen. Er tat es und wieder war es fantastisch. Beinahe noch besser als beim ersten Mal. Er verliebte sich unsterblich in Amelie. Sie sollte die Frau seines Lebens sein! Agathe verließ er, ohne auch nur einen Augenblick zu zögern.

Wie man sich im Bösen trennt

Agathe mitzuteilen, dass er sich von ihr trennen wollte, fiel Paul nicht leicht. Weil aber sein Entschluss feststand, musste er da durch. Er sagte einfach:

„Ach, übrigens: Ich verlasse dich."

Die dermaßen Angesprochene fiel aus allen Wolken:

„Was? Ich dachte, wir lieben uns!"

„Ist es denn wirklich Liebe?", wandte er ein. „Es ist doch eher ein Missgeschick, was uns verbindet."

„Die Zeugung deines Kindes nennst du ein Missgeschick? Was bist du nur für ein Mensch?! Ein Kind ist doch ein Zeichen der Liebe!"

„Nur wenn es gewollt ist. Ich wollte gar kein Kind. Ich wollte ein Kondom benutzen. Du hast mich davon abgebracht. Du hast behauptet, es wäre sicher."

„Da habe ich mich eben geirrt. Das kann ja mal vorkommen. Irren ist menschlich."

„Nicht bei einer so wichtigen Frage. Da muss man sich aufeinander verlassen können. Und auf dich kann ich mich offensichtlich nicht verlassen. Eine Ehe mit dir wäre ein Vabanquespiel."

„Sei doch nicht dumm! Ich bin dein Schicksal. Glaub mir: Ich werde dich glücklich machen."

„Ja, indem du mich gehen lässt."

„Du Schuft! Das wird dir noch leidtun."

„Darauf lasse ich es ankommen", warf Paul in den Raum und schickte sich an zu gehen.

„Wenn du jetzt gehst, will ich dich nie mehr sehen", schrie Agathe ihm noch hinterher.

„Umso besser. Ich will dich auch nicht mehr zu sehen", rief Paul zurück und verschwand aus Agathes Leben. Seine Sachen ließ er von einem Freund abholen. In seine Naivität glaubte er, damit sei der Fall erledigt. Wenn Unterhaltsforderungen auf ihn

zukommen sollten, würde er einen Rechts-
anwalt beauftragen. Er wollte nichts mehr
mit dieser Person zu tun haben.

Er machte es sich leicht.

Frauengespräche

Agathes Schwangerschaft und ihr zu erwartendes gemeinsames Kind hatte Paul nach einiger Zeit völlig vergessen. Es wurde ein Junge und Agathe nannte ihn Edmund. Ihre Enttäuschung über Paul entlud sich in einem Wutanfall. Sie tobte fürchterlich und igelte sich ein.

Unterhaltsforderungen stellte Agathe nicht. Sie wollte nichts mehr mit Paul zu tun haben. Nichtsdestotrotz widmete sie ihm all ihre bösen Gedanken.

Bei ihrer Freundin Clarissa beklagte sie sich über den „treulosen Gesellen".

„Wahrscheinlich hatte er von Anfang an vor, mich zu hintergehen", klagte sie in vorwurfsvollem Ton. „So etwas Hinterhältiges. Man kann doch wirklich niemandem mehr trauen."

„Da hast du völlig recht", fiel Clarissa ein. „Männer sind nie aufrichtig."

„Dann hat er sich auch noch beklagt, dass ich bei der Verhütung nicht aufgepasst hätte", fuhr Agathe fort. „Wie kleinlich! Wenn man einen Fehler sucht, findet man ihn auch. Das ist ganz schlechter Stil."

„Genau. Männer sind Schweine. Das wusste ich schon immer." Clarissa sprach im Brustton der Überzeugung.

Sie musste es wissen, hoffte doch auch sie seit einiger Zeit, das Spielchen spielen zu können, das Agathe gespielt hatte. Der Unterschied war nur, dass sie keinen Mann fand, der es mit ihr versuchen wollte. Nicht einmal unverbindlichen Sex bekam sie! Armes Ding! Die einfache Erklärung: Sie sah beim besten Willen nicht so aus, dass die Männer scharf auf sie gewesen wären. Nicht gerade eine Schönheit. Gewiss, Schönheit ist nicht alles. Wichtiger ist der Charakter. In Anbetracht dessen, was sie mit den Männern vorhatte, musste man allerdings auch ihren Charakter als unvollkommen bezeichnen und er konnte ihre körperlichen Mängel nicht ausgleichen.

So etwas kann natürlich schon etwas am Selbstbewusstsein nagen. Clarissa war verzweifelt. Wollte sie denn wirklich keiner? Um sich das Gegenteil zu beweisen, trieb sie sich nachts an dunklen Unterführungen herum, in der Hoffnung, einem Vergewaltiger in die Hände zu fallen. Nicht ungefährlich! Zum Glück passierte ihr nichts. Das heißt, ganz ohne Erfolg blieben ihre Bemühungen nicht. Ein Betrunkener fragte sie einmal, was es denn kosten solle. Sie antwortete:

„Heute ist es frei", worauf er lallte:

„Du musst es ja nötig haben", und wollte sich ans Werk machen.

Es zeigte sich jedoch, dass der Alkohol sein bestes Teil lahmgelegt hatte und er versagte.

„So ein Mist", lallte er. „Das wird nichts mehr. Na, dann kommst du früher zu deinem Schönheitsschlaf. Den brauchst du ja dringend."

Damit torkelte er von dannen. So kam es auch in dieser Nacht nicht zum Sex für Clarissa.

Einen Lichtblick für die Arme gab es noch einmal, als im Rahmen der Corona-Krise die Maskenpflicht eingeführt wurde. Da wurde Clarissa tatsächlich einmal beim Einkauf im Supermarkt angemacht. Der Interessent verschwand jedoch alsbald wieder, als im Lauf des Gesprächs die Masken gelüftet wurden.

Das alles hatte einen negativen Effekt auf Clarissa: Es machte sie immer gehässiger, was nicht zu ihrer Attraktivität beitrug.

Da sah es bei Agathe schon besser aus, zumindest optisch. Auf der berühmten Skala von eins bis zehn würde sie wohl mindestens eine „Sieben" erhalten. Allerdings: Wenn man sie näher kennenlernte, zuckte man schnell zurück. Zu sehr wurde sie von ihrem Egoismus beherrscht.

Aber so gut hatte Paul sie ja nicht kennengelernt.

Nunmehr erzählte Agathe allen, die sie kannte, von Pauls Niedertracht. Clarissa machte mit und verbreitete den Klatsch unter allen weiter, die sie auch nur entfernt kannte und die ihn hören wollten. Die beiden hätten Paul sicher damit schaden können, wenn sich ihre sozialen Kreise mit denen Pauls stärker überschnitten hätten. Das war jedoch nicht der Fall und Paul vergaß die Affäre alsbald.

Natürlich hielt Agathe vor allem ihr Kind von Paul fern, was ihr nicht schwerfiel.

Paul bekam von alledem nichts mit und das war ihm recht. Er bekam sein Kind nicht zu sehen, aber vermisste es auch nicht. Er wohnte bei seiner Geburt schon mit Amelie zusammen. Vatergefühle kamen nicht bei ihm auf.

Nichts ist für ewig. Amelie konnte genauso wenig enthaltsam sein wie Paul. Sie fand neue Verehrer und zog weiter. Das, was sie schon kannte, interessierte sie nicht mehr. Dazu gehörte nun auch Paul. Ja, das gibt es auch bei Frauen.

Paul kehrte zu seinem früheren Single-Dasein zurück, suchte nach immer neuem

Sex, blieb immer unbefriedigt. Ein Erlebnis wie mit Amelie fand er nie wieder. Raffinierte Sexspiele, neue Stellungen und abartige Werkzeuge halfen nicht. Mit Amelie hatte er sich wild in den Kissen gewälzt und sie hatten gemacht, was sich ergab. Ideen von anderen Leuten brauchten sie dafür nicht. Mit den anderen Frauen, die er jetzt traf, erreichte er nie diese Leidenschaft. Es kam eben auf die Frau an. Solange er nicht zu Amelie zurückkehren konnte, würde er unzufrieden bleiben, das wurde ihm klar. So groß wurde seine Verzweiflung, dass er Amelie schließlich wieder aufsuchte. Sie schickte ihn weg. Er stalkte sie. Sie rief die Polizei. Er bekam eine kostenpflichtige Ermahnung und musste Amelie schließlich aufgeben.

Also suchte er abermals Ersatz. Es blieb unbefriedigend. Alles vergeblich. Er floh aus einer Affäre in die nächste, blieb unverheiratet.

So vergingen die Jahre.

Sex mit Vicky

Irgendwann ging es wieder aufwärts. Paul lernte Vicky kennen. Sie wirbelte sein Leben durcheinander. Es begann im Restaurant. Er hatte sich dort allein zum Abendessen gesetzt, da sah er sie an einem gegenüberliegenden Tisch, auch allein. Es kam zum Blickkontakt. Ihr Blick hielt ihn gefangen. Sie lächelte, er lächelte zurück. So ging es weiter. Beim Essen scherzten sie unauffällig per Zeichensprache über die anderen Gäste.

Als er seine Mahlzeit beendet hatte, überlegte er, ob er an ihren Tisch treten und sich vorstellen sollte. Es kam anders. Sie schrieb einen Zettel, hielt ihn hoch, während sie ihn anlächelte, und bezahlte. Dann ging alles sehr schnell. In einem unbeobachteten Moment huschte sie unter seine Tischdecke, öffnete seinen Hosenschlitz und begann ihn oral zu befriedigen.

Paul war viel zu überrascht, um reagieren zu können. Keiner der anderen Gäste bemerkte etwas und Paul ejakulierte. Sie schluckte es hinunter, so dass es keine Schweinerei gab. Dann steckte die Unbekannte ihm den Zettel, den sie ihm vorher gezeigt hatte, in die Tasche und verschwand.

Auf dem Zettel stand „Vicky" und eine Telefonnummer. Am nächsten Tag rief er an und sie verabredeten sich in der Innenstadt.

Vicky gab vor, ein Kostüm kaufen zu wollen und Paul sollte sie beraten. Sie betraten ein Modegeschäft, und Vicky suchte mit seiner Hilfe einige Stücke aus, die sie in die Umkleidekabine mitnahm. Dort zog sie Paul mit in die Kabine. Sie öffnete seine Hose und massierte seinen Penis, bis er erigiert war. Das ging sehr schnell. Paul war wiederum völlig überrascht. Es zeigte sich, dass Vicky keinen Schlüpfer unter ihrem Rock trug und sie probierten die Antilopen-Stellung. Bei den engen Raumverhältnissen gar nicht so einfach. Die Gefahr, ertappt zu werden, machte es erst so richtig spannend.

Paul wurde süchtig nach Vicky und ihren Spielchen. Sie trieben es im Park hinter Büschen, im Museum, im Supermarkt, auf dem Polizeirevier und dem Standesamt in unbewachten Ecken, an den verrücktesten Orten und bei den unglaublichsten Gelegenheiten. Nach dem Sex in einem Flugzeug wollten sie Mitglieder im legendären „Mile High Club" werden, nur um festzustellen, dass es den gar nicht wirklich gab.

Schon glaubte Paul, über Amelie hinweggekommen zu sein, da begann es langweilig zu werden. Der Nervenkitzel vom Anfang war verflogen, er wurde langsam abgebrüht. Auch Vicky sah offenbar kein Potential mehr in ihrer Beziehung. Man trennte sich freundschaftlich.

Für Paul bedeutete das allerdings den Verlust der letzten Illusionen, was den Sex betraf. Was sollte jetzt noch kommen?

Sex mit Lakshmi

Man sollte es nicht glauben, aber es kam noch verrückter. Paul lernte eine Wahnsinnige kennen. Es geschah in der Firma. Eine neue Sekretärin wurde eingestellt: Lakshmi Singh hieß sie, eine Deutsche mit indischen Vorfahren. Eine wahre Schönheit! Ihre samtweiche Haut glänzte seidig, der Teint erinnerte an Milchkaffee. Bekrönt wurde ihr Gesicht von tiefschwarzem Haar, das sie nach hinten gekämmt und dort zusammengeknotet hatte. Unter ihren kühn geschwungenen Augenbrauen blitzten feurig rehbraune, mandelförmige Augen.

Als Sekretärin war Lakshmi fürs Kaffeekochen zuständig, den sie den wichtigen Mitarbeitern – dazu gehörte auch Paul – ins Büro bringen musste. Beim ersten Mal fragte sie ihn vorher, wie er seinen Kaffee haben wolle. Er antwortete mit einem anzüglichen Lächeln:

„Wie meine Lieblingsfrauen: hellbraun, süß und heiß."

Lakshmi lächelte verlegen und verschwand. Als sie mit der Tasse wiederkam, lächelte sie noch immer – ein gutes Zeichen für Paul. Er fragte sie ganz direkt:

„Wenn wir uns mal im Café treffen würden, würde ich Ihnen den Kaffee bringen. Na, wie wär's?"

Zu seiner Überraschung stimmte sie zu und sie verabredeten sich.

Dass sie nicht alle Tassen im Schrank hatte, merkte Paul erst später. Sie hielt sich für eine Inkarnation von Kali Durga, der indischen Göttin des Todes. Da sie heftig miteinander flirteten, wurde Sex bald ein Thema. Dem faszinierten Paul versprach Lakshmi ein unvergessliches Liebeserlebnis: Sie würden ihren Liebesakt Kali weihen und dann gemeinsam in den Tod gehen. Auf diese Weise würde Kali sie erlösen und sie aus dem Samsara, dem Kreislauf der Wiedergeburten, befreien.

Paul nahm sie nicht ernst, tat aber so als ob. Eine Nacht mit dieser exotischen Schönheit war ihm jede Schauspielerei wert.

Er ging also auf ihren Hokuspokus ein und sie trafen sich in ihrer Wohnung zu der Zeremonie. Zunächst zogen sie sich aus und Lakshmi vollführte allerlei obskuren Hokupokus. Zuerst entzündete sie eine Bathi, eine indische Räucherkerze. Dann streifte und liebkoste sie seinen ganzen Körper mit einer Pfauenfeder, wobei sie tantrische Formeln murmelte. Sie knieten sich voreinander, legten ihre Stirnen aneinander und konzentrierten sich auf Atem und Herzschlag des jeweils anderen. Sie synchronisierten sich. Und noch einmal Beschwörungsformeln.

„Wir sind jetzt Kali geweiht", stellte sie schließlich fest. Sie führte ihn in Sadhana ein, die spirituelle Praxis des Tantrismus. Paul, der im Lauf ihrer Gespräche ein paar Brocken Sanskrit aufgeschnappt hatte, wollte vorankommen und fragte:

„Gut. Soll ich jetzt mein Lingam in deine Yoni stecken?"

„Nicht so schnell", bremste sie ihn. „Yoni und Lingam müssen erst vorbereitet werden. Aber zuallererst müssen wir Kalis Blut trinken."

Sie verschwand und brachte ein irdenes Gefäß mit einer dunklen Flüssigkeit herbei, die sie als das Blut Kalis bezeichnete. Sie trank davon und bat ihn, das Gleiche zu tun.

Verlockend sah das Getränk nicht gerade aus, eine trübe dunkelgraue Brühe, aber jetzt hatte Paul schon so viel über sich ergehen lassen – da konnte er sich kurz vor dem Ziel nicht weigern. Also trank er. Das Zeug hatte es in sich! Ein Schwindel erfasste ihn. Alles drehte sich. Die Bilder verschwammen vor seinen Augen, wurden von Farben überflutet.

Seine Gedanken trübten sich. Er fühlte sich bereit, sein Leben für den Sex im Namen Kalis zu opfern. Lakshmi umarmte ihn und er umarmte sie. Sie befingerten sich, ölten sich ein, brachten ihre Genitalien in Erregungszustand, so lange, bis sie es kaum noch aushalten konnten, zelebrierten dann ausgewählte Stellungen des Kamasutra und feierten die Einheit von Yoni und Lingam. Das Öl auf ihrer Haut ließ sie leicht aneinandergleiten und die Haut hatte engeren Kontakt als sonst. Dadurch, dass der Hautkontakt praktisch luftdicht war, konnte sich zwischen Lakshmis ansehnlichen Brüsten eine Luftblase bilden, die durch den Druck der Liebenden mit einem schmatzenden Geräusch herausgepresst wurde. Es hörte sich an wie ein Furz. Sie sahen sich einen Moment verdutzt an, mussten dann kurz lächeln und machten unbeeindruckt weiter.

Die Leidenschaft steigerte sich immer mehr. Für Paul war es, als ob er Sex mit der Göttin selbst hätte. Flammen loderten um ihn herum, Hitze und Kälte wechselten, der Raum verschwand, er schwebte im All. Das ewige Leid der Welt erregte sein grenzenloses Mitleid. Er brach in Tränen aus, Lakshmi auch. Shivas Zerstörungstanz, die Liebe, das sinnlose Weltgetriebe, das Leben, alles flirrte in seinen Gedanken durcheinander. Sie lachten und weinten abwechselnd. Wie Kali als Shakti über Shiva kam, so kam Lakshmi über ihn. Wie Shiva tanzte

Paul mit Lakshmi den unerbittlichen Tanz des Todes … und tanzte … und tanzte …

Entrückt aus der Wirklichkeit ließ er sich völlig gehen, geriet in einen Rausch der Ekstase, bis er einen gewaltigen Orgasmus hatte und die Besinnung verlor. Lakshmi erging es ebenso.

Als sie wieder zu sich kamen, kramte Lakshmi einen Khukuri aus ihren Sachen hervor, einen indischen Dolch, und reichte ihn ihm lächelnd. Dabei bedeutete sie ihm, dass es nun an der Zeit wäre, ihrer beider Leben Kali zu opfern. Er sollte die Tat ausführen: erst sie erdolchen, dann sich selbst.

„Warte mal, du meinst diesen Humbug doch nicht etwa ernst?", stieß Paul überrascht hervor.

Es stellte sich heraus, dass sie es sehr wohl ernst meinte, dass sie sogar geradezu besessen von dem Gedanken war, dass sie sich Kali verpflichtet hätten zu sterben.

„Du musst es doch auch gespürt haben", beharrte sie. „Du warst doch auch bereit, für Kali zu sterben."

„Das lag nur an diesem merkwürdigen Trank. Wer weiß, was da für Drogen drin waren."

Lakshmi stellte sich auf den Standpunkt, dass er den Trank freiwillig getrunken hätte und damit auch die Folgen tragen müsse. Sie drang damit nicht bei ihm durch.

Als sie merkte, dass Paul nur mit ihr gespielt hatte und nicht die Absicht hatte, mit ihr in den Tod zu gehen, geriet sie außer sich. Nicht dass sie gewalttätig geworden wäre, nein, das nicht, aber sie drohte ihm, dass Kali sich in jedem Fall sein Leben holen würde, das nun rechtmäßig ihr gehörte. Wenn er es ihr jetzt nicht freiwillig gäbe, würde er den Zeitpunkt nicht kennen und würde gewaltsam von fremder Hand sterben.

Dann streckte sie die Arme gegen ihn aus, spreizte die Finger und stieß ein paar Worte hervor, die man für einen indischen Fluch halten konnte.

Paul fühlte sich nicht wohl in seiner Haut und überlegte, ob er sich irgendwo einen Abwehrzauber besorgen sollte. Er würde sich mal informieren, ob es so etwas gab.

Für den Augenblick zog er es vor zu gehen.

Nun hatte er ein Problem. Er sah Lakshmi täglich im Büro und nichts war wie vorher. Sie hatten etwas miteinander gehabt und sich wieder getrennt. Wie peinlich! Er erinnerte sich an die Regel: Man fängt nichts mit Kollegen an! Jetzt wusste er, warum. Irgendwie schafften es die beiden trotzdem, einen geschäftsmäßigen Umgangston hinzubekommen, aber es nervte. So konnte es nicht bleiben.

Ludwig telefonierte ein wenig in der Firma herum und fand eine Stelle, die für Lakshmi eine Beförderung bedeutet hätte. Den zuständigen Personalberater kannte er und empfahl Lakshmi wärmstens. Die Empfohlene sollte nichts davon erfahren. Alles lief glatt. Sie bekam die Stelle angeboten, freute sich darüber und verließ Ludwigs Umgebung. Problem gelöst.

Die Rache Kalis

Lakshmis Drohung hatte Paul beeindruckt. Musste er wirklich die Rache Kalis fürchten? Er achtete inzwischen überall auf Anzeichen. Das Einzige, was er entdeckte, war, dass er seit damals Zahnschmerzen hatte, nicht sehr schlimm, nur zeitweilig auftretend, besonders, wenn er kaute, dann wieder mal gar nicht.

Er hatte genug zu tun, als dass er wegen so einer Kleinigkeit zum Zahnarzt gerannt wäre. Daher ignorierte er es einfach. Nach ein paar Wochen wurde der Schmerz heftiger und er dachte, es wäre vielleicht doch besser, den Zahnarzt draufsehen zulassen. Also ging er hin. Es kam zum bekannten Vorführeffekt: An dem Tag spürte er nichts und reagierte nicht auf das Abklopfen des Zahnes. Der Arzt wollte gründlich sein und machte eine Röntgenaufnahme des Zahnes. Die Wurzel könnte etwas haben, meinte er, aber das sei noch nicht richtig erkennbar.

Paul solle in einer Woche wiederkommen, dann werde man sehen, wie es sich entwickelt habe. Eine Woche später hatte Paul tatsächlich starke Zahnschmerzen und der Zahn reagierte auf das Klopfen.

Der Zahnarzt entschied, den Zahn zu öffnen und ein Medikament auf die Wurzel aufzubringen, um eine Wurzelbehandlung einzuleiten. Als er den Zahn geöffnet hatte, sah er, dass er innen von Karies befallen war. Alles hatte sich entzündet und die Bifurkation der beiden Wurzeln war durchbrochen. Der Arzt sah sich das Röntgenbild noch einmal an und meinte nun: ja, jetzt, da er es wisse, könne er es auch in der Aufnahme sehen. Der Zahn müsse raus. Er selbst würde das nicht machen und würde ihn an die Klinik überweisen.

Dort kümmerte man sich gut um Paul. Er bekam reichlich Betäubungsspritzen, bevor man sich ans Werk machte. Das Erstaunliche war, dass die Spritzen offenbar auf den Zahn nicht wirkten. Das rühre von der Entzündung her, erklärte ihm der Arzt. Das entzündete Gewebe reagiere nicht auf die Betäubung. Er pumpte ihm bis zum

Rand voll mit Betäubungsmittel. Der Zahn blieb empfindlich. Nun, da gab es keine andere Wahl. Ob er es eventuell auch so aushalten würde, fragte der Zahnarzt vorsichtig. Paul wusste es nicht so recht. Die bisherigen Lockerungsversuche hatten schon höllisch wehgetan. Andererseits sei der endgültige Ruck nicht mehr so schlimm, versicherte man ihm. Er traute sich kaum zu, diesen Schmerz auszuhalten, sah aber jetzt auch keine Möglichkeit mehr auszusteigen.

Man ging zu Werk. Paul hätte die Wände hochklettern können! Es krachte und der Zahn brach in tausend Stücke. Die Wurzeln steckten noch im Kiefer und machten ihn wahnsinnig. Es half alles nichts. Sie mussten jetzt auch noch raus.

„Da müssen wir jetzt durch", meinte der Arzt mitfühlend und versuchte die Wurzeln mit der Zange zu packen. Vergeblich! Sie waren durch die Entzündung derart geschwollen, dass sie in den Alveolen festsaßen.

Es half nichts. Sie mussten den Zugang im Knochen freibohren. Das Bohren schmerzte nicht so sehr. Der Knochen schien die Betäubung aufgenommen zu haben. Aber an den entzündeten Wurzeln wurde immer wieder gezerrt. Das war es, was tierische Schmerzen verursachte und Paul wahnsinnig machte. Die Pfriemelei zog sich, die Wurzeln zerrissen. Zuletzt mussten die Bruchstücke einzeln herausgefummelt werden. Alles ohne wirksame Betäubung! Was für Schmerzen!

Nach zwei Stunden war es endlich geschafft. Man machte noch eine Röntgenaufnahme, um zu sehen, ob wirklich alle Bruchstücke heraus waren. Dann wurde die Wunde zugenäht und Paul entlassen.

Für ihn war es das Schlimmste, was er je bei einem Zahnarzt hatte erdulden müssen. Er fragte sich ob das der Anfang von Kalis Rache war.

Da er es nicht ausschließen konnte, beschloss er, etwas dagegen zu tun. Aber was? Nach einigen Recherchen fand er einen Brahmanen, der bereit war, ihm zu helfen.

„Mit Kali sollte man sich nicht anlegen", sagte dieser gleich zu Beginn. „Sie ist sehr gefährlich."

An seinem Hausaltar vollführte er einige Zeremonien, die jedoch nicht hundertprozentig zufriedenstellend verliefen. Er warnte Paul, dass er nicht sicher sei, dass sein Zauber gewirkt habe. Mehr könne er jedoch im Augenblick nicht tun und er wünsche Paul Glück.

Es dauerte nicht lange und das nächste Ereignis machte Paul Angst. Er hatte einen schweren Autounfall. Es sah fast wie ein Selbstmordversuch aus. Er war auf gerader Strecke einer Landstraße frontal gegen einen Baum gefahren. Wie konnte das passieren? Paul, der wie durch ein Wunder überlebt hatte, beteuerte, dass es nicht mit Absicht geschehen sei. Er sei sehr müde gewesen und müsse wohl in den Sekundenschlaf gefallen sein.

In diesem Moment des Wegdösens sei ihm ein Traumbild von Kali erschienen, wie er sie von Bildern kannte, die er bei

Lakshmi gesehen hatte: eine Göttin von blauer Hautfarbe, mit sieben Armen und dem dritten Auge, tanzend, mit herausgestreckter Zunge. Vor Schreck müsse er das Lenkrad verrissen haben.

Man riet ihm, einen Psychiater aufzusuchen, was er nicht tat.

Seine Verletzungen heilten wieder, er kaufte sich ein neues Auto. Bald hatte er die Folgen des Unfalls überwunden. Mehr Sorgen machte ihm, dass Kali ihm offenbar noch immer zürnte.

Noch einmal suchte er den Brahmanen auf. Der gab zu bedenken, dass er vielleicht besser fahren würde, wenn er sein Versprechen Kali gegenüber erfüllen und Lakshmi und sich selbst umbringen würde. Es könnte ein schmerzloser Tod sein, im Gegenteil zu dem, was ihn bei Kalis Rache erwartete.

Dem konnte Paul nicht so recht folgen. Er war nicht der Typ für einen erweiterten Suizid. Ob es denn wirklich keine andere Möglichkeit gebe, wollte er wissen. Der Brahmane dachte nach und empfahl ihm dann, zum Kalighat-Tempel in Kalkutta zu pilgern und dort Kalima, die den Mutter-Aspekt Kalis repräsentierte, um Hilfe zu bitten. Dass es etwas nützen werde, könne er ihm allerdings wiederum nicht garantieren.

Ein Hoffnungsschimmer. Paul griff nach dem Strohhalm. Er fuhr nach Indien und pilgerte und betete. Eine Antwort erhielt er nicht. Aber immerhin: Tatsächlich ereigneten sich danach vorerst keine weiteren Unglücksfälle und er träumte auch nicht mehr von Kali. Ob es damit ausgestanden wäre, wusste er natürlich nicht und rechnete immer mit dem Schlimmsten.

Sex mit Hanna

Paul stürzte sich wieder ins Leben. Auch musste er nicht lange ohne Sex bleiben. Er hatte es ziemlich leicht, immer neue Frauen zu bekommen. Ohne zu suchen fand er Hanna. Er traf sie beim Straßenkarneval in Köln, wo er regelmäßig hinfuhr. Sie war, ebenso wie er, zwar verkleidet, aber nicht maskiert. Eine lebenslustige Frau seines Alters, mit etwas Fleisch auf den Rippen, aber nicht zu viel, und munter wie ein Fisch im Wasser. Sie lachte ihn fröhlich an und fragte:

„Warum bist du so still?"

„Ich habe gerade keine Zuhörer. Aber wenn du willst, singe ich dir was vor."

„Nur zu. Ich höre."

Paul, der schon einige Kölsch intus hatte, stimmte lauthals „Viva Colonia" an und die Umstehenden fielen begeistert ein. Es gab eine große Verbrüderung und er bekam eine Umarmung und ein Küsschen von mehreren, unter anderem auch von Hanna. Diese zog ihn dann in eine abgelegene Gasse und wollte seine Hose öffnen. Paul kannte Sex in der Öffentlichkeit schon von Vicky und hatte eigentlich keine Lust darauf. Also schleppte er Hanna in sein Hotelzimmer ab.

Das Hotel lag in der Nähe des Umzuges und sie öffneten das Fenster, um den Lärm zu hören und die Stimmung mitzubekommen. Es wurde zwar ein wenig frisch im Zimmer, aber sie kuschelten sich unter der Bettdecke aneinander.

Sie scherzten und alberten, während sie es trieben. Es war schon früher vorgekommen, dass Paul beim Sex gelacht hatte, aber noch nie so ausgelassen wie diesmal. Es war, als feierten sie Karneval im Bett. Bei anderer Gelegenheit hätte er das für kindisch gehalten. Jetzt aber schien es ihm das Natürlichste von der Welt zu sein. Sie amüsierten sich köstlich. Als sie fertig waren, machten sie den Fernseher an und zappten zwischen den unzähligen Karnevalssendungen hin und her. Zwischendurch gab es wieder ein Kölsch. Dann hatten sie wieder Sex, dann sahen sie wieder fern. Sie verließen das Zimmer nur noch, um essen zu gehen.

Den Dienstag verbrachten sie auf die gleiche Weise, unterbrochen nur vom Besuch einer Prunksitzung mit Büttenreden.

Am Aschermittwoch trennten sie sich. Sie tauschten noch ihre Kontaktdaten aus, sahen sich aber nie wieder.

Die Wetterfee

Nach einem anstrengenden Arbeitstag fuhr Paul manchmal auf die Dachterrasse des Hochhauses hinauf, in dem seine Abteilung residierte. Er genoss die Abendstimmung dort oben. An einem dieser Abende sah er eine junge Frau mit ausgebreiteten Armen am Rande der Plattform stehen. Wollte sie sich etwa in die Tiefe stürzen? Aber nein, so dicht stand sie auch wieder nicht am Abgrund. Sie schien den Himmel umarmen zu wollen.

„Seien Sie vorsichtig, dass Sie nicht hinuntergeweht werden!", rief er der Schönen zu.

„Keine Angst, ich stehe hier nicht zum ersten Mal", antwortete sie.

„Und was machen Sie hier?", hakte Paul nach.

Sie kamen ins Gespräch. Sie erzählte, dass sie hier das Wetter erspüren könne. Es stellte sich heraus, dass sie Meteorologin war und für einen Wetterdienst arbeitete, auch Wettervorhersagen im Fernsehen machte. Ganz wissenschaftliche Vorhersagen, basierend auf langwierigen und aufwendigen Rechnungen. Hier jedoch wollte sie auch intuitiv Kontakt zum Wetter aufnehmen. Das sei ein guter Kontrast zu ihrer wissenschaftlichen Arbeit.

Paul erzählte von seiner eher langweiligen Arbeit und Anima, so hieß die Wetterfee, begann, ihn zu mögen. Er musste wirklich irgendetwas haben, das bei den Frauen ankam. Das öffnete ihm die Türen zu ihren Herzen. Andererseits erschwerte es für Paul seine Absicht, die Gefühle aus ihrer Beziehung herauszuhalten. Aber er würde es zumindest versuchen.

Wie auch immer die Gefühlslage sich gestaltete, sie gingen erst einmal eine Beziehung ein. Natürlich richteten sie sich nach dem Wetter. Bei Sonnenschein hatten sie heißen Sex, bei Regen lagen sie melancholisch beieinander.

Während Paul das genügte, vermisste Anima tiefergehende Gefühle. Gefühlsmäßig würde sie auf der Strecke bleiben, wenn es so weiterging. Das wusste sie.

Sie besprach die Sache mit Paul. Jedoch kamen sie auf keinen gemeinsamen Nenner. Das bedeutete: Die Trennung war unausweichlich. Anima gab Paul noch eine Vorhersage für sein weiteres Leben mit auf den Weg: wechselhaftes Wetter und am Ende Sturm.

Der zuckte zusammen. Meinte sie mit dem Sturm gar Kalis Rache? Anima erläuterte ihm, dass ihre Vorhersage rein phänomenologisch gemeint sei. Eine Interpretation könne sie nicht geben. Paul nahm es hin und Anima ging. Nach ihrem Weggang weinte der Himmel zwei Tage lang.

Dirty Talk

Für eine Zeitlang wurde Pauls Aufmerksamkeit danach durch Pia in Anspruch genommen. Pia war gestört. Sie war die Schwester eines Freundes von Paul. Dieser hieß Franz und Paul kannte auch seine Schwester recht gut. Irgendwann verdichteten sich die Anzeichen, dass etwas mit ihr nicht stimmte. Die sehr streng gläubigen Eltern hielten sie schließlich für besessen und erwogen einen Exorzismus.

Franz machte sich Sorgen und sprach mit Paul darüber. Paul, der Pia schon eine Weile nicht mehr gesehen hatte, fühlte, dass es seine Verpflichtung wäre, nach ihr zu sehen. Er wollte sich ein Bild machen. Also suchte er sie auf, um einfach mal wieder mit ihr zu sprechen. Es stellte sich heraus, dass das nicht mehr möglich war. Die Eltern ließen ihn zwar zu ihr, aber nicht, ohne ihn vor dem gewarnt zu haben, was ihn erwartete. Pia beschimpfte ihn sofort aufs Gröbste, sobald sie ihn sah, und ging dann zu äußerst unflätigen Beleidigungen über. Die harmloseren waren noch Obszönitäten der vulgären sexuellen Art, irgendetwas von Fäkalien und ihrer Vulva oder davon, was sie mit ihrem Menstruationsblut anstellen wollte. Paul wandte sich angewidert ab.

Er hatte noch nie etwas für Dirty Talk übriggehabt, selbst wenn er am Sex mit der betreffenden Person interessiert gewesen wäre. Er fand, dass dieses Thema Feingefühl erforderte und nicht in Vulgärsprache behandelt werden sollte. Hier aber hatte er überhaupt kein sexuelles Interesse. Sie war die Schwester seines Freundes und damit tabu. Er wollte ihr helfen und sich keine sexuellen Anzüglichkeiten von ihr anhören. Das, was er zu hören bekam, ging sogar weit über normale Anzüglichkeiten hinaus. Es übertraf alles, was er je gehört hatte. So schlimm wirkte es auf ihn, so unerträglich, dass er sich krümmen musste. Beinahe hätte er sich übergeben. Wenn er gekonnt hätte, hätte er das Gehörte ungehört gemacht. Aber das ging nun einmal nicht. Er würde diese Worte nie mehr aus seinem Gedächtnis entfernen können. Woher kannte eine so junge Frau derartige Obszönitäten. Ob da wirklich ein Dämon dahintersteckte, der es ihr eingab? Schrecklich! Unerträglich! Ihm blieb nur übrig, den Raum zu verlassen.

Der jungen Frau konnte er nicht helfen. Er persönlich hätte einen Psychiater empfohlen, aber da die Eltern glaubten, dass ihre Tochter von einem Dämon besessen sei, bestanden sie auf einem Exorzismus. Tatsächlich fand sich ein Exorzist ein, der dazu bereit war, und er erreichte sogar eine Besserung. Darauf hatte Paul kaum zu hoffen gewagt. Aber es gab eine Erklärung.

Pia war offensichtlich von ihrem Elternhaus derart frömmlerisch erzogen worden, dass sie ein normales Leben gar nicht mehr führen konnte und sich für abgrundtief böse hielt. Dieses Böse schrieb nun der Exorzist dem Dämon zu, benannte ihn und trieb ihn aus. Damit schien das geistliche Problem Pias gelöst, aber ihre Psyche musste noch eingerenkt werden. Es schloss sich eine Psychotherapie mit geeigneten Medikamenten an.

Nun konnte auch Paul sich wieder um sie kümmern und sprach oft mit ihr. Sie hatte keine Erinnerung mehr an ihre Aussetzer ihm gegenüber und Paul erwähnte das Thema nicht. Ein Psychiater konnte ihre Schuldgefühle schließlich endgültig unter Kontrolle bringen und sie stabilisieren. Mit der Zeit konnte sie wieder am normalen Leben teilnehmen.

Paul war wieder frei, sich zu amüsieren.

Feminismus

Um mehr Frauen kennenzulernen, engagierte Paul sich in einer feministischen Aktivistinnengruppe. Wenn es irgendwo Frauenüberschuss gab, dann doch sicher dort. Und er musste sich nicht einmal verstellen. Die Benachteiligung der Frauen hatte ihn schon immer gestört. Noch immer werden Frauen im Durchschnitt schlechter bezahlt als Männer. Das empfand er als ungerecht und er hätte gern etwas dagegen unternommen.

Also ging er brav zu den Treffen und machte auch bei einigen Aktionen mit. Dabei fiel ihm Hilde auf. Sie wirkte groß, stark und kämpferisch. Solche Frauen imponierten ihm. Er versuchte, sie anzusprechen, blitzte aber ab. Nun gut, dann eben nicht. Es gibt noch andere. Schon wollte er sich wieder auf die Suche machen, da sprach ihn Hilde ihrerseits an:

„Fangen wir noch einmal neu an. Hier bei uns ist es verpönt, dass der Mann die

Frau anspricht. Das ist ein uraltes patriarchalische Verhalten, das wir überwinden müssen. Wenn du an einer Frau interessiert bist, gib Signale und warte, bis sie dich anspricht!"

„O.k., bitte um Entschuldigung. Dann werde ich dir gegenüber nie wider die Initiative ergreifen."

„Gut so. Das mache ich."

Und sie lud ihn zum Essen ein. Beim Bezahlen teilten sie sich die Rechnung. Paul war's recht.

„Deine Art, die Dinge handzuhaben, gefällt mir", bemerkte er. „Das findet man viel zu selten."

„Du meinst: ‚Das findet frau viel zu selten'", korrigierte sie ihn.

„Ehrlich gesagt, finde ich es etwas anstrengend, auf jedes Wort zu achten", wagte Paul einzuwenden. „Man muss doch nicht überall Pseudoprobleme suchen, statt sich um die wirklichen Probleme zu kümmern."

„Auch die kleinen Probleme müssen beseitigt werden. Die Benachteiligung der Frau hat alle unsere Lebensbereiche durchdrungen."

„Das mag ja sein, aber denkst du nicht, dass solche kleinen Phänomene gleichermaßen leicht von allein wieder verschwinden werden, wenn erst die Frauen die Rolle spielen, die ihnen zusteht?"

„Ich kann so etwas einfach nicht hinnehmen" schloss Hilde die Diskussion ab.

Eine gewisse Sympathie wuchs dennoch zwischen ihnen und eines Tages sprach Hilde ein Thema an, das ihm schon eine Weile unter den Nägeln brannte:

„Übrigens: Falls du an Sex denken solltest, komm nicht auf die Idee, etwas zu versuchen! Ich sage, wann es soweit ist."

„In Ordnung, ich warte."

„Von mir aus könnten wir dann starten."

„Also, romantisch ist das nicht gerade. Eher eine Kommandoaktion. Eigentlich sollte sich so etwas doch aus der Art entwickeln, wie man miteinander umgeht: kleine

Zärtlichkeiten, die man miteinander austauscht und die dann mehr werden. Wenn einer dabei mehr Initiative zeigt, hat das nichts zu sagen. Es kann die Frau genauso gut sein wie der Mann. Eine Streitfrage darf man jedoch nicht daraus machen."

„Nun stell dich nicht so an! Wir sollten lieber anfangen. Aber, dass eins klar ist: nur Stellungen, bei denen die Frau oben ist. Reiterstellung – ja, Missionarsstellung – nein."

„Na ja, sollte sich auch das nicht aus der Situation ergeben. Man muss doch nicht alles bis ins Detail an Prinzipien ausrichten."

„Doch, müssen wir. Sonst wird das nichts mit uns beiden."

Nein, es wurde nichts. Paul hatte keine Lust auf einen Geschlechterkampf im Bett und Hilde konnte nicht aus ihrer Haut. Die beiden gingen getrennte Wege, aber Paul kam bei einer anderen Feministin zum Zuge: bei Jule.

Jule war eine ganz Liebe. Sie machte bei den Feministinnen mit, weil sie deren Sache für gerecht hielt, mochte aber auch Männer und reagierte nicht überempfindlich auf deren Marotten.

Paul und Jule hatten Sex, wobei Paul ab und zu in die Reiterstellung wechselte, nur um festzustellen, dass Jule gar nicht so viel Spaß an dieser Stellung hatte. Ihr gefiel die Missionarsstellung besser und sie dachte sich nichts dabei.

Sex im Wald

Manchmal ging Paul im Wald spazieren. Da geschah es einmal, dass er eine junge Frau mit geschlossenen Augen und ausgestreckten Armen liegen sah – auf dem Rücken zwischen den Bäumen. War da etwas Schlimmes passiert? Paul hatte den Eindruck, dass sie hilfsbedürftig aussah. Also ging er hin und sprach sie an:

„Brauchen Sie Hilfe?"

„Danke, nein", antwortete die Angesprochene. „Aber nett, dass Sie fragen. Ich wollte nur den Wald mit allen Sinnen genießen. Mögen Sie den Wald auch so?"

Paul reagierte schnell und behauptete, den Wald ebenso zu lieben. Am liebsten würde er im Wald leben.

„Warum machst du es dann nicht?" setzte Charlotte – so hieß die junge Dame – nach. „Ich gehe öfter mal für ein paar Wochen in den Wald."

Ups! Da hatte er sich wohl zu weit aus dem Fenster gelehnt. Das war ja eine ganz Eingefleischte! Er erfuhr, dass Charlotte aus einer Familie stammte, die mit dem Wald verbündet war. Sie behauptete sogar, mit dem Wald kommunizieren zu können.

Paul konnte es kaum glauben und es faszinierte ihn.

„Kannst du mir das auch beibringen?", fragte er.

„Du könntest es wahrscheinlich auch lernen, aber du müsstest dafür eine Zeit lang im Wald leben.

„Wenn du mir dabei hilfst, würde ich es gern probieren."

Charlotte erklärte sich bereit und Paul fragte, was er dafür brauchte.

„Nichts. Der Wald sorgt für uns", behauptete Charlotte. „Du kannst gleich hierbleiben."

An Spontaneität und Abenteuerlust hatte es Paul noch nie gemangelt. Er blieb zwei Wochen und die beiden kamen sich näher.

Den Wald verstand er danach noch nicht so wie sie, aber sie hatte ihn viel darüber gelehrt. Dabei waren sie sich nähergekommen. Stundenlang hatten sie im Dickicht gesessen und dem Wald gelauscht. Wenn es nicht so unbequem gewesen wäre, hätte es romantisch sein können. Charlotte jedenfalls fühlte sich wohl und kuschelte sich an Paul. Behutsam erwiderte er ihre Zärtlichkeiten und irgendwann hatten sie sogar Sex miteinander.

Paul musste zugeben, dass Sex im Wald etwas ganz Besonderes war. Fast hatte er das Gefühl, der Wald unterstütze ihre wechselseitigen Aktivitäten, verstärke ihre Gefühle.

Die Erlebnisse entlohnten Paul für die Entbehrungen, die er auf sich nahm: Er aß die Früchte des Waldes und Insekten, schlief im Laub. Irgendwie konnte er sich trotzdem nicht überwinden, das Leben im Wald nicht mehr als lästig, sondern als natürlich zu empfinden.

Also versuchte er, Charlotte zu überreden, das Leben in der Zivilisation mit ihm zu probieren. Vergebens. Charlotte kannte die Zivilisation bereits und hatte sich bewusst für den Wald entschieden. Sie tat Paul den Gefallen, eine Zeitlang mit ihm zu zweit in der Zivilisation zu leben, aber es funktionierte nicht.

So kam eines Tages der Zeitpunkt, da sie erkennen mussten, dass sie sich auf keine gemeinsame Lebensform einigen konnten und sie verabschiedeten sich voneinander.

Sex mit Natascha

Von Natascha versprach sich Paul einiges. Nicht, weil ihn „russisch" als Sexvariante reizte. Im Gegenteil: Schenkelsex fand er langweilig. Aber Russinnen können ja mehr als das. Sie sind bekannt für heißen Sex. Heiß sind die Russinnen sowieso. Allein schon dieser Akzent! Dann die Augen, durch die man tief in die russische Seele blickt! Paul war begeistert von Natascha.

Hinzu kam, dass sie betörend sang. Sie machte das professionell, war nach Deutschland gekommen, um Karriere im Showbusiness zu machen. Das lief zwar nicht so toll, wie sie es sich gedacht hatte, aber immerhin: Sie konnte davon leben. Paul hatte sie bei einem kleinen Konzert kennengelernt, an dem sie beteiligt war. Er sparte nicht an Komplimenten und Natascha ließ sich darauf ein.

Zu Hause machten sie auch ein wenig Musik zusammen: Sie sang, er begleitete sie am Synthesizer.

Da gerade Weihnachtszeit war, nahmen sie gemeinsam ein kleines Weihnachtslied auf und stellten es bei YouTube ein. Es ging so:

Friedensweihnacht

Wollt ihr was von Weihnacht hören,
dürft ihr euch am Krieg nicht stören.
Grausam toben Kriege hier und dort,
toben trotz der Weihnacht fort.
Wer ist schuld daran, wer ist das nur?
Wer geriet da aus der Spur?

Wir wünschen uns ein Friedensfest.
Wenn das nur stimmt, stimmt auch der Rest.
Friedensweihnacht wünschen wir uns allen!
Singt mit uns und lasst die Korken knallen!
Korken knallen besser als Kanonen,
Stollen wollen wir statt blauer Bohnen.

Können wir nicht alle glücklich sein?
Keiner werfe mehr den ersten Stein!
Schluss mit Kriegen, keinen Streit!
Ist doch Weihnachtszeit!
Seh'n wir zu, dass Weihnacht friedlich ist,
Alles andere ist Mega-Mist!

Wir wünschen uns ein Friedensfest.
Wenn das nur stimmt, stimmt auch der Rest.
Friedensweihnacht wünschen wir uns allen!
Singt mit uns und lasst die Korken knallen!
Korken knallen besser als Kanonen,
Stollen wollen wir statt blauer Bohnen.

Das ist doch nicht zu viel verlangt,
Für den Versuch seid schon bedankt.
Macht nur mit, das wäre zauberhaft;
Die Liebe ist ne Superkraft.
Wir retten unsre Erde
Vor Kriegen und, dass sie nicht wärmer werde.

Der Zug ist noch nicht abgefahren,
Helft bitte, C-O-zwei zu sparen!

Auch brauchen wir mehr Bäume auf der
Welt.
Wie kriegen wir die hingestellt?
Je einen Weihnachtsbaum soll jeder pflan-
zen;
Drumherum lasst uns dann tanzen!

Wir wünschen uns ein Friedensfest.
Wenn das nur stimmt, stimmt auch der
Rest.
Friedensweihnacht wünschen wir uns al-
len!
Singt mit uns und lasst die Korken knallen!
Korken knallen besser als Kanonen,
Stollen wollen wir statt blauer Bohnen.

Natascha baute es in ihr laufendes Konzert ein und es fand guten Anklang.

Beim Sex ließen sie keine Musik laufen.
In ihrem Fall hätte sie gestört. Natascha
summte nämlich leise vor sich hin, wenn
sie seine Zärtlichkeiten genoss, und Paul
genoss es, wenn sie summte. Er selbst

machte außer seinem Stöhnen keine Geräusche, um sie besser zu hören. Wenn sie fertig waren, ging Nataschas Summen in ein Singen über und beide waren überglücklich.

Alles schien zu passen. Mit Natascha hätte er womöglich für immer zusammenbleiben können. Aber wieder kam es anders. Wladimir tauchte auf. Er kannte Natascha noch aus Russland, war ihre erste Liebe gewesen.

Wer kennt sich schon mit der Liebe aus, wer kennt ihre Geheimnisse? Natascha kehrte zu Wladimir zurück und Paul blieb allein zurück.

Kein Sex mit Stefanie

Mit der Zeit reifte Paul. Seine Fixierung auf Sex wich einem echten Interesse an einer Partnerschaft mit einer Frau. Schließlich fand er eine Frau, mit der er sich eine solche Partnerschaft auf höherem Niveau vorstellen konnte. Sie hieß Stefanie und repräsentierte den Typ einer kultivierten Frau. Groß, schlank, stylish und gutaussehend kam sie daher. Paul hatte sie auf einer noblen Party kennengelernt, wo er sich eigentlich gar nicht wohlfühlte.

Stefanie hingegen fühlte sich sichtlich wohl und führte Paul überall herum. Beim Abschied verabredeten sie sich zu einem gepflegten Abendessen, um ihre Bekanntschaft in Gesprächen zu vertiefen.

Das lief zur beiderseitigen Zufriedenheit und sie verabredeten sich öfter, unternahmen viel miteinander. Es zeigte sich, dass Stefanie Spaß an glanzvollen Auftritten hatte. Der arme Paul wurde zu weiteren

Partys, Konzerten und Opern mitgeschleppt, auf Bälle, ins Theater, in Museen, Ausstellungen und auf Vernissagen. Überall trafen sie auf Menschen mit ähnlichen Interessen, denen Stefanie stolz ihren Begleiter präsentierte.

Zu protestieren wagte er nicht. Immerhin wirkte die elegante Stefanie attraktiv auf ihn. Allerdings durfte er diese Eleganz nur bewundern und höchstens ganz vorsichtig berühren. Weitergehende Annäherungsversuche wurden stets abgeblockt.

Sie führte ihn vor wie ein Schoßhündchen. Er durfte ihr nahe sein, sie am Arm führen, ihr wohl auch vorsichtig den Arm um die Taille legen, kurz: in der Öffentlichkeit eine gewisse Vertrautheit demonstrieren. Alles nur Fassade! Unter vier Augen hatte er Distanz zu wahren.

So hatte er sich das auch wieder nicht vorgestellt. War sie vielleicht lesbisch und wollte sich nicht outen? Sollte er nur als Alibi-Partner herhalten? Manchmal schien es fast so. Allerdings hatte er sie inzwischen näher kennengelernt und bezweifelte das. Sie pflegte zu niemandem eine intime

Beziehung, weder zu ihm noch zu einer Frau.

Wahrscheinlich wollte sie eine Art Asexualität verbergen.

An einer derart leeren Beziehung hatte Paul auf die Dauer kein Interesse. Nicht dass er unbedingt hätte Sex haben müssen, aber eine gewisse Vertrautheit, die mit Sex einherging, fehlte ihm doch. Sex wäre dabei gar nicht unbedingt nötig gewesen, aber die Vertrautheit hätte den Sex wahrscheinlich nach sich gezogen. In der Richtung gab es jedoch gar nichts. Paul fand die Situation unbefriedigend und suchte das Gespräch mit Stefanie. Die reagierte unterkühlt.

„Wenn du Gefühle willst, kauf dir einen Teddybär", zitierte sie eine alte Börsenweisheit.

Das rückte die Dinge für Paul in ein klares Licht. Er stand zwar immer noch nicht auf feste Bindungen, aber irgendwelche Gefühle wollte er doch, hatte er immer gewollt – gerade zum Sex hatten sie gut gepasst. Jetzt, da Sex nicht mehr die Hauptrolle spielte, wurden Gefühle umso wichtiger.

„Wozu brauche ich dann dich?", gab er zurück.

Stefanie wandte sich brüsk ab und auch Paul ging seiner Wege. Diese Beziehung war zu Ende. War es überhaupt eine Beziehung gewesen?

Fortan wichen die beiden sich aus.

Schuld ohne Sühne

Aus der Zeit mit Stefanie hatte Paul noch Beziehungen zu Pauline, einer Freundin von Stefanie. Ob es an der Namensähnlichkeit von Paul und Pauline lag oder ob sie eine Seelenverwandtschaft verband, blieb offen, aber da gab es irgendetwas. Jedenfalls blieb die Freundschaft zu Pauline bestehen, als die Beziehung mit Stefanie zu Ende ging.

Auch aus der Zeit mit Stefanie stammte noch die schweigende Übereinkunft mit Pauline, dass erotisch zwischen ihnen nichts lief. Also eine platonische Freundschaft zwischen Mann und Frau. Kann es ja geben. Und tatsächlich hatte diese Freundschaft Bestand. Beide vertrauten sich und wussten, dass ein Verlassen des Pfades, eine erotische Anzüglichkeit ein Verrat an ihrer Freundschaft wäre, wenn sie nicht auf Dauer angelegt wäre.

An dieser Stelle machte Paul sich nun schuldig. Er hatte Pauline eines Abends nach Hause gebracht und sie hatten sich zum Abschied ein Freundschaftsküsschen gegeben wie üblich. In dem Moment sah Paul ihr einen Sekundenbruchteil zu lange in die Augen. Unter Freunden hätte Pauline schnell den Blick abgewendet, aber in ihrem Innersten glomm der Funke einer tieferen Zuneigung, der in diesem Augenblick angefacht wurde. Sie hielt dem Blick stand und so versanken sie beide in den Augen des jeweils anderen. Sie waren verloren! Ganz von allein entwickelte sich daraus ein inniger Kuss, der bald leidenschaftlich wurde.

Sie gingen in Paulines Wohnung und hatten Sex, der sich umso wilder gestaltete, als er so lange aufgeschoben worden war.

Pauline fühlte sich danach glücklich, während Paul ein schlechtes Gewissen hatte. Für ihn bedeutete der Sex nicht den Anfang eines neuen Lebens – für Pauline schon.

Es wurde in den folgenden Tagen immer deutlicher: Paul hatte Paulines Vertrauen missbraucht. Es hatte zwar kein explizites Versprechen gegeben, aber aus ihrem freundschaftlichen Verhältnis hätte man schließen können, dass ihr Bündnis nun auf eine höhere Ebene gehoben worden wäre. Das war jedoch nicht der Fall. Im Gegenteil, es herrschte eine peinliche Stimmung. Eine tiefere Beziehung schien Paul nicht zu wollen, zu einer unbefangenen Freundschaft konnten sie aber auch nicht zurückkehren. Dafür war zu viel zerstört worden, und das nur wegen eines einzigen Augenblicks der Schwäche.

Pauline konnte gar nicht glauben, dass ihr gemeinsames Erlebnis nur ein Abenteuer für Paul gewesen sein sollte.

Sie stellte ihn zur Rede, aber er machte seinen Standpunkt klar:

„Ich dachte, wir hätten beide Spaß. Da ist doch nichts dabei. Wir sind schließlich beide erwachsen."

Er hatte sich nichts dabei gedacht und sie dennoch zutiefst verletzt. So sehr hatte sie ihn gemocht, ja heimlich geliebt, dass sie sich jetzt missbraucht und benutzt fühlte.

Ihre Freundschaft zerbrach.

Für Pauline ging eine Welt unter. So sehr und so lange hatte sie sich eine Beziehung mit Paul gewünscht, so glücklich war sie gewesen, als sie sich endlich geliebt hatten, und so schwer war sie enttäuscht worden, als sich alles in Luft auflöste, dass sie sich davon nicht erholte.

Sie verfiel in Depressionen. Wahrscheinlich hatte sie die Veranlagung dazu. Sie tauchte ein in ein Labyrinth von traurigen Gedanken ein, aus dem sie keinen Ausweg mehr fand. Keiner konnte sie retten.

Sie brachte sich um.

Damit hatte nun auch keiner gerechnet. Umso schockierender für ihre Umgebung!

In einem Abschiedsbrief an Paul erklärte sie alles und bat ihn, sich nicht schuldig zu fühlen. Natürlich trat das Gegenteil ein. Paul erkannte seine Schuld.

Wiedergutmachen konnte er seine Verfehlung nicht. Er hatte Schuld auf sich geladen und wusste, dass er dafür würde sühnen müssen. Sein ganzes Leben würde ihn die Erinnerung an seine Schuld niederdrücken. Er hatte das Vertrauen eines Menschen, der ihn liebte, missbraucht. Das war unverzeihlich.

Eine Sühne stellte diese Erkenntnis noch nicht dar. Aber eine Hypothek auf die Zukunft. Vielleicht würde er auf irgendeine Weise noch sühnen können.

Endlich Chef

Paul war in ein tiefes Loch gefallen. Im Gegensatz zu Pauline plagten ihn keine Depressionen, sondern Schuldgefühle. Er glaubte, sein Verhalten ändern zu müssen und tat es. Frauen gegenüber hielt er sich nun zurück, seine sexuellen Bedürfnisse wollte er kontrollieren. Nun konzentrierte er sich wieder mehr auf die Arbeit. Er hatte einige erfolgreiche Devisenspekulationen über die Bühne gebracht und letztlich in dem Institut, in dem er arbeitete, eine gewisse Seniorität erlangt. So erschien es nur gerecht, dass er schließlich zum Abteilungsleiter befördert wurde und nun die gesamten Devisenspekulationen des Instituts unter sich hatte.

Jetzt hatte er es geschafft. Er war in seiner Abteilung der Chef. Endlich! Die bisherige nervliche Überbelastung war vorbei: immer dieses Zittern, ob die Spekulation auch aufgehen würde. Kein Problem mehr.

Dafür waren nun die Mitarbeiter zuständig. Er trug zwar die Verantwortung, konnte sie aber bei Bedarf auf die Mitarbeiter abwälzen. Wenn er den Vorständen Rechenschaft über eine größere schiefgelaufene Transaktion ablegen musste, sagte er einfach:

„Dafür war Herr XY zuständig. Ich habe ihn schon gefeuert."

Natürlich ging das nicht unendlich oft. Er musste schon aufpassen, wen er beauftragte. Da konnte er nicht einfach eine hübsche Blondine wegen ihrer schönen Beine bevorzugen, auch wenn sie ihm noch so sehr gefiel. Erfolg ging vor Sympathie. Und etwas Sexuelles mit einer Untergebenen anzufangen, ging sowieso gar nicht. Das wäre nicht nur illegal, sondern auch höchst unprofessionell gewesen.

Zu seinen Aufgaben gehörte es, darauf zu achten, dass seine Mitarbeiter nicht überlastet wurden. Er kannte das aus seiner Zeit als Untergebener. Da wurde manchmal soviel Druck aufgebaut, dass man in Versuchung kam, zu hohe Risiken bei den Spekulationen einzugehen. Das wurde einfach von einem verlangt. Warum auch nicht? Das Risiko trug ja nicht der Chef, sondern man selbst. Dafür erntete der Chef die Lorbeeren, wenn es gutging. Damals hatte sein Nervenkostüm einigen Schaden genommen, und nicht nur seins, wie er aus Gesprächen mit seinen Kollegen erfahren hatte. Alle in seiner Abteilung hatten bei diesem Arbeitsstil gelitten.

So etwas würde er jetzt, da er der Chef war, seinen Untergebenen nicht antun. Die Menschen gingen immer noch vor, zumindest nach seinen Maßstäben.

Aber auch auf seine Weise lief es gut. Seine Mitarbeiter mochten ihn und gaben ihr Bestes.

So, wie es lief, wurde sein Leben richtig bequem. Man sah es ihm an. Er legte gewichtsmäßig etwas zu.

Nicht nur Geschäftsessen mit furchtbar wichtigen Geschäftspartnern trugen dazu bei, auch viele Partys im privaten Bereich, die ihm Spaß machten und bei denen er auf die konsumierten Kalorien nicht achtete.

Im Großen und Ganzen fühlte er sich wohl.

Trotzdem fehlte ihm etwas. Nicht so sehr der Sex. Der ungestüme Drang der früheren Jahre war verflogen. Aber eine Frau ist ja viel mehr als eine Sexpartnerin. Sie ist auch Vertraute, Ratgeberin, Trösterin, Anker in den Unbilden des Lebens. So eine Partnerin brauchte er. Er hatte einiges erreicht. Aber wer bewunderte ihn dafür. Seine Freunde hatten gleichzeitig mit ihm Karriere gemacht. Da war er nichts Besonderes. Eine Frau aus einem ganz anderen Bereich – das wäre es!

Sex mit Judith

Da trat Judith in sein Leben. Sie arbeitete als Gymnasiallehrerin und bewunderte sein Vorankommen in der freien Wirtschaft. Bildungsmäßig konnte sie ihm durchaus das Wasser reichen, wenn nicht mehr. Dafür lebte sie im Elfenbeinturm „Schule" und scheute das „wirkliche Leben".

Sie fassten schnell Vertrauen zueinander und Paul konnte sich ihr gegenüber vollkommen öffnen. Sie führten lange, tiefgründige Gespräche.

Dass es nicht mehr so aufs Körperliche ankam, dürfte vorteilhaft für Paul gewesen sein. Schließlich hatte doch etwas zugenommen. Trotz seiner unbestreitbaren inneren Werte konnte er in seiner Selbstwahrnehmung nicht mehr bestehen. So konnte es nicht weitergehen. Für die Gesundheit sei das nicht zuträglich, ermahnte ihn auch Judith eines Tages. Er müsse wohl doch mal das eine oder andere weglassen.

„Ja, die Waage, den Spiegel und sämtliche Fotos", stimmte Paul zu. „Auch der Gürtel stört ein wenig."

„Und wohl auch die Hemden und Hosen", warf Judith ein.

„Ja, da könnte ich deine Hilfe gebrauchen."

Was genau Paul damit gemeint hatte, wurde nicht ganz klar. Vielleicht dachte er, Judith könne ihm die Kleidungsstücke umnähen oder ähnliches. Dazu kam es nicht, aber Judith half ihm dennoch – auf ihre Weise. Sie überredete ihn zu langen Wanderungen, schleppte ihn ins Fitnessstudio, meldete ihn für einen Tanzkurs an, begeisterte ihn für die Gartenarbeit und bekochte ihn auf das Gesündeste. Bald hatte Paul wieder sein Idealgewicht erreicht.

Nun regte sich auch wieder sein Sexualtrieb, aber nicht so wie früher. Viel gefühlvoller als bei jeder anderen Frau ging er auf Judith zu, wartete, bis auch sie Interesse an

Erotik zeigte, sprach und scherzte mit ihr darüber, bis es schließlich Ernst wurde.

Der Sex mit Judith war anders als jeder Sex, den er bisher gehabt hatte. Sie lagen stundenlang im Bett, redeten miteinander, schwiegen auch miteinander, verstanden sich ohne Worte, tauschten sanfte Zärtlichkeiten aus, streichelten sich, befriedigten sich gegenseitig, bis sie irgendwann zum Koitus kamen. Auch hierbei gingen sie langsam und gefühlvoll vor, brachten sich ganz behutsam zum Höhepunkt und blieben dann wieder aneinander gekuschelt liegen. Paul gefiel diese Art von Sex. Sie entsprach seiner jetzigen Auffassung von Liebe. Ja, eine tiefe Liebe war es, was die beiden füreinander empfanden.

Nach einigen Jahren fassten sie den Entschluss zu heiraten. Nicht mit der Absicht Kinder zu bekommen – das hätten sie als zu spät empfunden –, sondern um ihre Zweisamkeit zu zementieren. Es sollte ein Bündnis für die zweite Lebenshälfte werden. In Judith hatte Paul eine verlässliche Partnerin gefunden, mit der zusammen er alt werden wollte. Jetzt schätzte er so etwas. Sie beide hatten ihre Narben vom Leben davongetragen und verstanden einander. Paul stand kurz davor, doch noch sein Glück zu finden.

Das war der Zeitpunkt, da Paul von seiner Vergangenheit eingeholt wurde.

Tödliche Folgen

Kurz darauf sah Paul Lakshmi wieder. Sie hatte sich kaum verändert und wiederholte die Prophezeiung seines Todes. Es würde jetzt sehr bald dazu kommen, drohte sie ihm. Paul hatte nicht das Bedürfnis, diese Bekanntschaft zu erneuern und verabschiedete sich.

Wieder hatte er sie nicht ernstgenommen. Hätte er auf sie gehört, hätte er sich möglicherweise vor dem schützen können, was ihm widerfahren sollte.

Eine andere Entwicklung hatte sich nämlich seit langer Zeit ohne sein Wissen vollzogen.

Agathe hatte Paul seinerzeit nicht vergeben können. Ihre Wahrnehmung lief darauf hinaus, dass Paul ihr Leben zerstört hatte. Sie hasste ihn maßlos. Kann Liebe in solchen Hass umschlagen? Es gibt verschiedene Formen der Liebe. Agathes sogenannte Liebe war ihrem Wunschtraum von einem Familienleben mit Paul entsprungen. Sie zielte weniger auf Paul selbst ab als auf das, was sie von ihm erwartete. Kann man das Liebe nennen? Sicher, auch das ist eine Form der Liebe, aber diese Form kann brechen und dann zu grenzenloser Wut führen. So eben in diesem Fall.

Sich direkt zu rächen, entsprach nicht Agathes Art. Sie bevorzugte die Hinterhältigkeit und pflanzte ihrem Sohn Edmund den Hass auf seinen Vater ein. Das empfand sie als gerecht. Da Paul Edmund vor seiner Geburt verlassen hatte, sollte er auch nie seine Liebe erfahren. Sie erzählte dem Sohn nur Schlechtes über Paul, bis auch Edmund seinen Vater hasste. Nie hatte er etwas anderes über seinen Vater erfahren als all das Schlechte, das seine Mutter ihm erzählte. Da füllte sich ein Vakuum. Seiner Mutter vertraute er und andere Informationen gab es nicht. Edmund hielt Paul für ein Monster. So hatte Agathe es gewollt. Etwas Gutes tat sie ihrem Sohn damit nicht, aber sie konnte nicht anders.

Edmund stand im Mittelpunkt ihres Lebens. Sie liebte ihren Sohn, zunächst, wie man ein Juwel liebt, dann aber, wie man eine verwandte Seele liebt, ein eigenes Kind. Er bedeutete ihr alles und sie bedeutete ihm alles. Ihre Liebe gab ihm Kraft in seinem Leben, in der Kindheit, während der Schulzeit, der Ausbildung in der Bank und im späteren Beruf. Ihr und nur ihr hatte er seinen Erfolg zu verdanken. Ein Muttersohn. Gab es hier einen Ödipuskomplex? Eine Frau fand Edmund jedenfalls nicht. Erste zaghafte Versuche endeten damit, dass seine Mutter die jeweils Auserwählte nicht mochte.

Das Wort seiner Mutter war Edmund heilig und so stand er jederzeit auf Abruf bereit, wenn es zur Abrechnung mit seinem Vater käme.

Agathe hatte Paul aus der Ferne beobachtet. Als er jetzt seine Hochzeit vorbereitete, beschloss sie zu handeln. Unnötig zu sagen, dass sie ihm nicht gönnte zu heiraten, nachdem er sie nicht geheiratet hatte. Er hatte ihre Hochzeit damals kurz vor dem Termin platzen lassen. Genauso sollte es jetzt auch ihm gehen.

Sie informierte Edmund, der ja nur auf einen Anlass wartete, auf seinen Vater loszugehen, über die Situation und fragte ihn, ob er zulassen wolle, dass Paul das Glück fände, das er ihr geraubt hatte. Edmund verneinte. Er würde den Hass seiner Mutter auf Paul in eine Tat ummünzen. Er würde sie rächen. Und nicht nur sie: Sein eigenes Schicksal, ohne Vater aufgewachsen zu sein, legte er ihm auch zur Last. Jetzt war der Zeitpunkt der Abrechnung gekommen. Er kundschaftete Paul aus, besorgte sich eine Schusswaffe und suchte ihn auf, als er wusste, dass sein Opfer sich allein im Haus befand. Als er ihn gestellt hatte, nannte er ihm seinen Namen und richtete die Waffe auf ihn.

„Ich werde dich jetzt töten", stieß er hervor. „Für das, was du meiner Mutter und mir angetan hast."

Paul sah ihn an. Sein Sohn ähnelte ihm tatsächlich: groß, schlank, dunkelblonde Haare, graublaue Augen, markante Nase, eckiges Kinn. Er hätte stolz auf ihn sein können, wenn nicht dieses von Hass verzerrte Gesicht gewesen wäre. Statt Stolz erfasste ihn Traurigkeit. Was hätte aus seinem Sohn werden können! Welches Potential ging hier verloren! Was hatte er selbst versäumt! Es hätten wundervolle Jahre als Vater sein können. Stattdessen hatte er ein unerfülltes Leben gelebt.

Auch Edmund konnte Paul eine gewisse Sympathie nicht absprechen. Wenn dieser Mann seine Vaterrolle angenommen hätte … Wie wäre sein Leben verlaufen? Die Frage drängte sich auf. Aber egal. Die Dinge lagen, wie sie nun einmal lagen. Die Waffe in seiner Hand hatte für einen Augenblick geschwankt, jetzt zielte sie wieder fest und genau auf Pauls Kopf.

Angst hatte Paul nicht. Sein Leben, so fühlte er, war schon lange vorbei. Sicher, da war Judith, aber begleitete sie ihn nicht auf seinem langen Weg in die ewigen Jagdgründe. Er sah im Wesentlichen ein Warten auf den Tod in seinem jetzigen Leben. Warum sollte dieses Warten nicht abgekürzt werden? Vielleicht sollte sein Tod sogar noch diesen einen Sinn haben, dass er endlich für sein früheres Fehlverhalten büßte. Das wäre angemessen. Eine Buße, die ihm seine Schuld erleichterte, zumindest für die paar Sekunden bis zu seinem sicheren Tod. Hatte er doch durch sein Verhalten nicht nur Agathes Leben zerstört, sondern auch das seines Sohnes, der nun zum Vatermörder werden würde.

Er erinnerte sich an Lakshmis Drohungen. Zahlte er jetzt den Preis für den Sex mit ihr? War alles Kalis Werk? Erfüllte sich Kalis Rache schließlich doch?

Andere Verfehlungen seines Lebens fielen ihm ein. Die Sühne für sein Verhalten gegen Pauline stand noch aus. Er erkannte, dass der Tod ihn nicht zu Unrecht träfe.

Ja, dieser gewaltsame vorzeitige Tod musste sein Schicksal werden. Alles fügte sich zusammen. Er selbst hatte die Bausteine aufgetürmt, die zu diesem Ende geführt hatten.

Eine tiefe Ruhe durchströmte ihn. Alles würde durch seinen Tod in Ordnung kommen.

Freundlich sprach er zu Edmund:

„Ist in Ordnung. Du hast recht. Tu, was du tun musst. Nur eines noch. Wenn ich darf, würde ich dir gern einen Gefallen erweisen, einen ersten und letzten. Lass mich eine Notiz schreiben, dass du mich mit meinem Einverständnis tötest. Tötung auf Verlangen wird milder bestraft als Mord."

„Mach dir darum keine Sorgen", lachte Edmund. „Nachdem ich dich erschossen habe, werde ich mich selbst erschießen."

Sprach's und feuerte zweimal, einmal auf Paul und einmal auf sich selbst. Er hatte geübt und konnte auf die kurze Distanz sein Ziel nicht verfehlen. Beide Schüsse trafen, beide waren tödlich.

Pauls Sex mit Agathe lag lange zurück, aber er hatte letztendlich zu seinem Tod geführt.

Und Agathe? Sie hatte alles mit Edmund besprochen und ihn gebeten, bei seinem Eindringen in Pauls Haus die Tür offenzulassen. Als sie die Schüsse hörte, betrat sie das Haus und fand den Tatort, sah die beiden Toten.

Edmund war ihr Leben gewesen. Mit seinem Tod wurde ihr Leben sinnlos. Sie nahm die Waffe vom Boden auf und richtete sie gegen ihre eigene Schläfe. Dann drückte sie ab. Auch sie war sofort tot.

Bei all ihren Verfehlungen verdient sie nun doch etwas Mitleid. Sie hatte zwar von Anfang an heimtückisch gehandelt, später boshaft, aber sie war Opfer ihrer geistigen Verirrungen und stand zuletzt vor dem Trümmerhaufen ihrer Existenz. Das wünscht man keinem.

Nun lagen sie also alle drei nebeneinander auf dem Boden des Hauses: Vater, Mutter, Kind. Eigentlich ein friedliches Bild nach der vorangegangenen Tragödie; und doch kann es nicht wirklich versöhnen. Zu traurig ist es.

Eine harte Nuss später für die Polizei! Es dauerte eine ganze Weile, aber dann hatten die Beamten die ganze Geschichte aufgerollt und den Fall gelöst. Ihr Fazit: Sex mit tödlichen Folgen.